길
이

열
리
다

길이 열리다
류종민 시집

초판 인쇄 2016년 07월 10일
초판 발행 2016년 07월 15일

지은이 류종민
펴낸이 신현운
펴낸곳 연인M&B
기 획 여인화
디자인 김주리
마케팅 박한동
홍 보 정연순
등 록 2000년 3월 7일 제2-3037호
주 소 05052 서울특별시 광진구 자양로 56(자양동 680-25) 2층
전 화 (02)455-3987 팩스 (02)3437-5975
홈주소 www.yeoninmb.co.kr
이메일 yeonin7@hanmail.net

값 9,000원

ⓒ 류종민 2016 Printed in Korea

ISBN 978-89-6253-185-5 03810

길이 열리다

류종민 시집

연인M&B

길을 걸으며 많은 것을 보았다.
그것은 항상 새롭고 신선한 것이며
볼 때마다 다른 풍경을 이루었다.
마음이 열린 만큼 그것은 다가왔고
마음이 닫힐 때 그것은 사라졌다.
길이 항상 가르쳐 주는 새로움 속에
나는 다시 태어난다.
오늘도 내일도.

2016 여름
之江 류종민

| 차례 |

제1부

길
이
열
리
다

제2부

인생의 둘레길

제3부

나무가 집이 되다

제4부

길 가는 나그네

제5부

우
이
령

제1부

길이 열리다

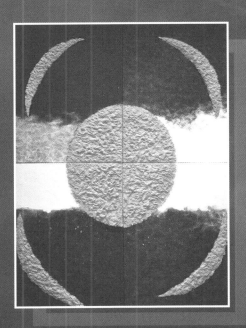

길이 열리다

하늘이 열리는 날
길이 열리다
땅의 모든 길이 제 길을 열어 주며
한없는 풍경을 안겨 주다
뒤로 물러나는 시간을 여의고
걷는 만큼 먼 것을 당겨 세우다
아무리 멀어도
그대는 항상 함께 있었다
보이지 않던 미시의 점이
내 눈을 가득 채우는 기적
오늘도 평행의 소실점이
내게 다가와 그 속을 간다

산마루에 선 소나무

석양의 하늘에 드러난 그림자
먼 길을 걸어 산마루에 선 소나무
지는 노을을 머금고 밤의 경계에서
하늘의 능선을 지키고 섰는가

어둠의 씨앗으로 이제
산 그림자마저 지워지면
소나무는 다시 새벽의 행군을 위하여
헤일 수 없는 하늘의 별빛을 마시며
내일의 마루에 설 꿈을 꾼다

행열

건축의 늑골로부터
쏟아져 나오는 군상들
층층이 지그재그로 오르고 내리며
무엇을 나르는가
구조를 알 수 없는 혼미 속에
미망의 소리가 진동한다
가는 향방은 달라도
한 소임씩 일 있을진데
가락은 한 올씩 헝크러짐 없이
출구로 빠져나간다
무엇으로 와서 어디로 가는지
끝없이 바쁜 개미들의 행열

명품

빼어난 이름
얼마 만인가
모래 속에 숨어 씻기고 씻겨
바람 속에 드러나 빛을 발한다

여기 새겨진 그림 지상에 없어
읽을 수 있는 사람 아무도 없는데
이름 부칠 수 없는 모양에
반한 그대들
무엇에 홀려 넋을 뺏겼나

간(間)

째각째각
시(時)가 가면 간이 생긴다
멈춰 선 초침엔 간이 없다
왔다 갔다
움직이면 간이 생긴다
멈춰 선 공(空)에는 간이 없다
생각이 일어나면 간이 생긴다
생각을 멈추면 간이 없다
마음이 움직이면 간이 생긴다
마음이 멈춘 곳에 간은 없다
간(間)은 거리 그리고 사이
하나에는 간이 없다
둘이 되면서 간이 생겼다
사랑엔 간이 없다

희원

언덕을 오른다

고개 넘어 떠오른

달만한 그대 얼굴

무엇으로도 치장할 수 없는

그대 영혼에 예쁜 별꽃 하나

달아 주려고

아직도 어두운

이 언덕을 오른다

오직 환한 그대 얼굴

다시 보고져

둘레길 학생

길을 가며 배우는 학생
갈 때마다 그곳은 다르다
작년과 올해가 다르니
이 둘레길 끝 간 데 없네
죽어서 학생 부군이
살아서 배우는 환희로
둘레길 걷는 다리는
표창장 많이도 붙겠네

출세

세상을 뛰어넘어
근원에 닿는 일을
출세라 한다
작게는 제집을 나온 것이고
크게는 세상을 나온 것이다
세상에 때 묻은 이들이
출세를 거꾸로 세웠다
동서 성현의 출세를
아는 이는 말하지 않는다
건너갈 저 언덕이 보일 때까지

은갈치

요요한 달이 바다를
은빛으로 물들일 때
황홀한 그는 빛 속으로
몸을 던졌다

집으로 돌아온 후
몸이
은빛으로 반짝임을
깨달은 것은
몇 생을 지나서일까

상사화

선운사 낙엽 지는 냇가에서
물에 비쳐 어룽이는 그녀
가슴 태우며 스님을 사모하다
죽어 핀 상사화
솟은 대롱에서 꽃만 피어 지고
잎 따로 나중 피어
잎과 꽃이 만나지 못하는 서러움
개울 따라 토해 내며 많이도 피었네
하늘의 별이 냇가에 뜨면
따로 피지 말고
별과 함께 피어라

분별

희희낙락 그곳엔 잔치가 벌어졌겠네
여기 삼천사 나한님 좀 보소
사방 여러 층에서 만 가지 표정으로
나더러 분별하지 말라고 하시네

나 원래 분별 많아 이곳에 쉬러 왔더니
분별없는 분별로 사방에서 웃으시네

큰소리로 콧노래 부르며 기지개 켜며
눈썹을 잡아 빼며 한 마디씩 하시네
할할할 나는 사방에 퍼지네
분별없이 내가 그대가 되네

쟁기질

하늘과 땅을 가르고
한 획으로 쫙 그었다
하늘에는 하늘의 허공이
땅에는 땅의 만물이
서로 쳐다보았다
하나도 다르지 않으면서
하나도 같지 않은
서로의 몸을 움츠렸다
부끄러울 것 없는 흙 속에
무엇이 저리도 많이 묻혔나
하늘은 캐지 않는다
흙으로 돌아간 자 만이
쟁기질할 뿐이다

두물머리에서

태백 검룡소에서
두물머리 예까지
멀고 먼 길 쉬지 않고
흘러 모였네

햇빛에 반짝이는
은비늘 눈부신데
남한강 북한강 합친 아리수
아득한 산이 머리 풀고
들여다본다

서해에 닿을 길은 아직 먼데
여기서는 바다 같은 마음으로
하늘을 머금고 쉬고 있구나

태풍 전망대

벽을 뚫고 임진강이 남쪽으로 왔다
새들은 뚫을 벽도 없지만
산하는 철조망에 삼엄하다
적요 속에 잠긴 산하는
한때의 태풍을 기억하는가
태풍의 소리 잠재운 언덕에
아련한 계곡의 바람이 깃발을 펄럭인다
순간 소리도 멎고 시간도 멎은
풍경 엽서 한 장이 발아래 떨어진다
누구에게도 보낼 수 없는 서글픈 엽서

모딜리아니의 눈동자

눈동자 없는 사람들
영혼이 없는 사람들
그 영혼을 알 때에만
눈동자를 그리겠다고

그 이후 그림 속에 나타난 눈동자는
영혼이 그려진 것일까
파란만장 짧은 생애에
몇 사람의 영혼을 알고 갔을까

그의 초상 그의 주랑조각
기둥으로 그의 영혼을 받치고 있을까

가우디에 부쳐

천생의 공간 감각
대장장이 아들 가우디
공간은 그의 머릿속에 우주로 확장되고
지상의 모든 자연은 형상을 부여했다
구불구불 물결치는 건물은
그의 자연이 살아나는 몽상의 실체
〈직선은 인간의 선 곡선은 신의 선〉이라

정련의 시간을 거쳐
그에게 지워진 파밀리아 성당
세계의 가족이 그 속에 있고
신의 가호가 그 손에 있다
인간의 머리와 손으로
형용할 수 있는 모든 것
풀어내는 판도라의 상자같이
그는 많은 자연의 기호를 남기고 갔다
백년이 지나도 다 풀 수 없는 기호를

키아전에 부쳐

아방가르드를 넘어서

열정의 환상과 삐에로의 북이 울린다

신화의 백조는 퍼덕이며 그에게 다가가고

푸르고 붉은 바람이 펄럭이며 그를 가린다

그녀가 내려치는 매운 손에

빨갛게 익은 복숭아 엉덩이

어쩔 줄 모르는 절규가 모자이크 되어 쪼개진다

무지갯빛 향유고래는 춤추는 바다에서 뛰어놀고

두 얼굴이 하나 되어 붉은 키스는 연작으로 녹아 있다

거인의 방에 태어난 삼면의 아이가

과거와 현재와 미래를 주시한다

그 누가 이 영혼에 마침표를 찍겠는가

언덕을 뛰어넘어 저만치 달려가는데

제2부

인생의 둘레길

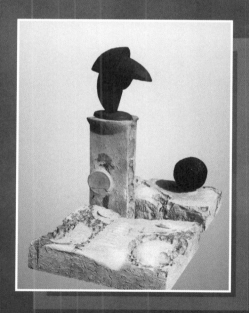

인생의 둘레길

고락상반의 지난 길
먼 터널을 지나
아픈 상처는 솔바람이
치유해 준다
한 걸음 한 걸음 굽이를 돌고
고개 언덕을 넘어
환한 빛 쏟아지는
등성이에 서면
툭 터진 풍경에
오장이 시원하다
인생의 둘레길 여기 다 있어

수락과 불암

물이 떨어지는 수락(水洛)은
그 낙수를 위해 불암(佛岩)보다
조금 더 높이 솟았다

암벽을 돌기까지
수락의 위력을 알지 못했다
아득한 소나무 뿌리에서
바위를 뚫고 여기까지 내려온 물
보이지 않는 길을 알 수 없지만
방울방울 그 물은 감로수로다

내 다시 이 길을 떠날 때
세상 어디에다 수락하고 가리
불암이 멀리서 지켜보고 있다

명상길

세상의 죄지은 사람들
이 길을 걸으며
자기를 들여다보면
나무와 바람이 그 죄를 씻겨
한 굽이 돌 때마다
발걸음 가벼우리

등성이 위에서 하늘이 보일 때
마음의 굽이굽이 끼인 때 벗겨 내면
명경에 비친 얼굴
한번쯤 웃으리

생의 준칙

한 사람의 정신사에서
준칙은 레일과 같아라
그 레일의 DNA는 출발역이 있지만
몇 역을 지났다 해도 목적지는 변하지 않는다
기차에 앉은 사람은 자유롭지만
기차가 통과하는 어느 역에서 내려야 한다

준칙은 굴레가 아니지만
벗어날 수 없는 자석의 힘이 있다
나라와 가문의 정신은 자석의 준칙을 지킨다
시대의 역이 그를 기다리고 있지만
기차는 달릴 길을 간다
일탈하는 자유
초월의 길은 그다음에 있다

그대와 나

내 숨이 멎었을 때
나를 본 사람은
숨 쉬고 있는 내가
따로 없다는 걸 안다

숨 쉬지 않고 있는 내가
있는 줄을 안 이는
다시 이 몸과 이름이
내가 아니라는 걸 안다

나는 누구인가 묻지 마라
그대 아득한 시간 전의
그대를 본다면
그대가 곧 나인 줄 알리

보이지 않는 탑

천불 천탑이야 파간에 가면 보이지
넓은 평원 안개 사이로
한없이 펼쳐진 발원의 탑
한 생에 한 탑을 세우면
그 생은 족하다는 그들의 탑

우리는 천 년 전
못에 비치지 않는 탑이 있었네
영지의 무영탑
무량의 세월에 흐르는 탑은
보이지 않는다네

마음속 깊이 쌓아 올린
보이지 않는 탑
오늘도 그 탑은 비치지 않는
허공에 쌓이네

아침의 보름달

요요히 밤을 지배하던 보름달
하 많은 사람의 원도 다 받아 주었는데
아침이 되어 한강의 서편에 떠
그 흰 얼굴이 계면쩍다
신부가 되어 동녘의 태양을 바라보는가
가릴 것 없는 얼굴에
엷은 미소 가득히
동녘의 빛 속에 사라지면서

바다의 돌멩이

그 바닷가 파도에
씻기고 씻긴 동그만 돌멩이
바다가 만든 돌멩이
희고 검게 반짝인다
언젠가 부서져
모래가 되겠지만
물과 햇빛이 선명한
몸을 닦아
수평의 바다가
둥근 것을 알 때까지
더 높은 언덕으로
실어 나른다

폭포동

폭포동에는 옛 폭포 하나 있어
비 올 때 이름은 폭포동이네
폭포동 아파트 위에서
휘영청 폭포가 쏟아지면
아래에서 보는 이의 눈이 어떨까
갈 곳 없는 폭포
시원히 뛰어내렸건만
개울과 강은 멀고
아스팔트 위를 어이 달려갈꼬

DMZ

이 선이 생긴 통분의 세월 동안
하늘과 땅은 통해 있는데
이 별에서 오직 반세기 넘어
왕래하지 못하는 곳
짐승들은 다니는데
사람들은 왜 다니지 못하나

50년 전 내 소대장 막사는 사라지고
철원평야 아득한 궁예의 태봉도 사라지고
멀리 보이던 아이스크림 고지는
땅굴 관망의 아스팔트 뒤로 물러났다

눈이 오고 달이 뜰 때
내 그림자가 두렵던 순찰 길도 아련한데
미지상 지뢰를 걷고 지구별 준엄한 표상의 공원 되어
아, 언제인가 평화의 낙원 되어
그 옛날을 회상하려나

줄타기

긴박한 시간만으로
발걸음이 끝날 수 없다
줄 위에서 때론 뛰어오르고
헝클어져도 바로 서는 묘기

떨어지지 않는 그는
줄 위에서 춤을 추지만
보이지 않는 곳에서
몇 번인가 떨어졌든가

무수한 연마로 이루어진 달인
이제 그는 줄이 사라지고
공중에 춤추는 학이로다

바람의 사람

도자기에 찍혀 있는

바람의 사람

그 사람이 가는 곳엔 바람이 인다

코트 가득히 바람을 품고 다니다가

조용한 곳에 풀어 놓으면

온통 나뭇가지와 갈대가

한쪽으로 쏠린다

피부의 안쪽으로 바람이 찍혀 있는

그 사람의 심장에도 바람이 인다

거죽이 잔잔한 호수에도

파도가 일어난다

마음속에 바람을 품고 다니는 사람

죽은 다음 관 속에서도

바람이 일까

기다리는 세계

끝까지 기다리지 못하고
섭섭하게 떠나고 말았다

한 마음이 섭섭함을 이기지 못하면
그는 더 기다리지 못한다

만일 고개 넘어
기다리는 세계가 있는 줄 알았다면
그는 떠나지 않았을 것을

블라디미르 쿠쉬의 바늘

현실이 기죽는 초현실
그의 그림엔 바늘구멍으로
통과하는 낙타의 행렬이 길다

어느 선사가 어린 동자를 가두고
소가 바늘구멍으로 들어오거든 일러라
했는데 어느 날 아이가
스님 구멍으로 들어온 소뿔을 잡았습니다
한 화두의 소식이 떠오른다

쿠쉬는 이 화두를 관통해
바늘구멍이 세상의 구멍이 되고
세간과 출세간이 넘나듦을 보았을까

9

숫자의 끝은 9
그 이상 가면 시작의 1이다
1은 다시 시작하지만
9에서 끝나고
한 걸음 허공을 뛰어넘은 끝이
0을 넘어선 1이다

하늘 꽃

하늘에 커다란 꽃이 피었네
구름 같기도 하고
그대 같기도 한
하얀 영혼의 꽃
푸른 하늘을 배경으로
내 모든 지난 꿈을 수놓은 꽃
다시 상자에 넣을 수 없고
액자에 걸 수도 없는 꽃
저 창공에 걸려
어쩌자는 것인가
내려놓을 수 없는 시간 위에
그대는 왜 피어나는가

소실점

죽지 않는 소실점
평행의 소실점
실제는 만나지 않는데
항상 끝에서 만나고야 만다

제3부

나무가 집이 되다

나무가 집이 되다

새는 나무에 집을 짓고
나무가 집이었는데
어느새 사람은 나무를 베어다가
나무 집을 지었다
큰 나무는 큰 기둥이 되고
가장 좋은 나무는 대들보가 되었다
나무는 집이 되기 위해 자란 것이 아니다
사람이여
내 속에 집을 지은 새가 운다
나를 자연으로 집이 되게 하여 다고
숲속에서 나는 원래 집이었는데
왜 사람들은 나를 잘라 집을 만드나
천년의 기둥이여 대들보여
죽어 집이 된 나의 동지여

그곳

웜홀 블랙홀이 아니어도
당신은 그곳에 이를 수 있다
돌아간 자리가
곧 돌아온 이 자리
내가 나를 만나지 못해
멀리도 갔었구나
그곳을 찾아
멀리도 갔었구나

큰 바위 얼굴 3

형상을 넘은 큰 바위 얼굴
세간의 이름난 그 누구도 아니어라
어느 누구도 닮을 수 없는 얼굴
신비의 마음속에 숨어 있어라
황혼의 어느 날 거울 속에서
나를 보고 웃는 듯 우는 듯
구름은 성성 세월은 겹겹
먼 듯 가까운 듯 너는 있구나

소리

아득히 먼 곳으로부터
들려오는 소리
내 곁에 늘 있었는데
듣지 못했구나

낯익은 소리
은밀히 일러 주는
소리 아닌 소리
악보도 없는 음악이 되고
장단 없는 율조가 되어
내 귀를 씻고 마음을 씻긴다
누구도 알 수 없는
소리 아닌 소리

재생

그것이 닿으면 살아난다
풀과 개미가 살아나고
내 육십조 세포도 살아난다
은하의 별들이 살아나고
허공의 바람도 살아난다

그것이 닿으면 꽃이 핀다
겨울에도 눈 속에서 꽃이 핀다
그것은 항상 내 옆에 있건만
가면 생각나고 살아나면 잊는다

육화 (Incarnation)

영이 육화(肉化)할 때 무슨 일이 있었나

육안이 볼 수 없는 것을 영안이 보다니

투명의 공기는 보이지 않으나

투명의 물은 보인다

물속의 몸이 보이는 신비

만져지는 세계로 그가 왔다

투명의 그가 실재하다니

실재의 신비 속에

그는 있구나

가을에 떠나는 것은

이 가을 어디로 떠나고 싶은 것은
나뭇잎이 땅으로 돌아가기 때문이다
바람이 불지 않아도 떠나고 싶은 것은
빈 마음에 소슬바람이 일기 때문이다
가을 햇빛에 갈대 잎이 팔랑이는 것은
은빛 물결치며 부르는 소리 때문이다
이 가을 방랑객이 배낭을 메는 것은
그 마음이 하늘같이 비어 있기 때문이다

그와 교신하다

그는 지금 이곳에 없다

이름도 형상도 없는 그와 나는 교신하고 있다

그가 먼저 전언을 보내 왔다

그곳이 위험하긴 해도 한번 방문을 하겠다고

그는 어떤 임무를 띠고 내게 온다고 한다

나는 임무를 알기 전엔 만날 수 없다고 했다

그는 자기도 그 임무를 해독할 능력이 없기에

자기는 오직 전령이라고 한다

임무를 해독할 사람을 지상에서는

만나지 못해서 스스로 해독해 풀든지

기량을 높이라고 한다

참 알 수 없는 일이다

언제 해독할 수 있을지 모를 임무를

내게 전하려고 하는 그는 누구인가

아득한 미지의 세계로부터 왔지만

나와 항상 함께 있었다는 그는

욘드

발은 비록 세상 안에 딛고 있지만
그곳은 세상 넘어 있는 것
꿈이 너를 이끌어 가게 하는
그곳은 국경이 없는 왕국이다

그곳의 깃발은 눈부셔
너의 눈으로는 볼 수 없다
깨어 있는 눈이 보지 못하는 깃발

네 꿈의 높이가 가 닿지 못하는
그곳은 이름 없는 왕국이다

그리하여 새롭다

그리하여 세상은 한 번씩 새롭다
암울한 구름 걷히고 새 하늘이 새롭고
맑은 하늘 조개구름 동서로 새롭다

봄에 본 새 싹 잎이 단풍 드니 새롭고
잎 없는 가지마다 눈꽃이 새롭다
방울방울 떨어지는 낙수마다 새롭고
옹달샘 고이는 물맛이 새롭다

그리하여 내 속에 피는 꽃도 새롭고
그대 향기 맑은 바람 가락마다 새롭다
튕기는 현의 소리 팔방으로 가득하니
들리는 듯 마는 듯 하늘 소리 새롭다

그리하여 순간순간 모든 것이 새롭다
보고 듣는 모든 것이 무한으로 새롭다

미명

아직도 캄캄한데 밤이 지났다
새벽은 미명으로 다가오는데
빛은 보이지 않고
소식을 전하는
바람만 지나간다
그곳에 와 있는 당신은
이제 곧 나를 흔들어
깨울 것이다
밤을 덮고 씻어 낼
새벽의 물 한잔 내릴 것이다
이제 곧 새 날이 눈뜰 것이다

자야지

내일 부활하기 위해
오늘 밤 자야지
어두운 긴 밤 지나
새벽이 되면
나 들은 살아나리
천지에 살아나리

사생

메밀 꽃밭에 담기는 풍경
한강이 담기고
다리 위로 지나가는 전차가 담기고
먼 남산 위의 전망대까지 밀도 있게 담겼다
하늘의 구름 몇 송이도 담기고
마지막엔 흰 메밀꽃의 숨결이 담긴다
무어라고 쫑알대는 소리도 담기고
수줍음 타는 웃음도 담겼다
메밀꽃밭의 벌들은 다 어디로 가고
쌀쌀한 가을바람만 물감에 담긴다

가시

조그만 가시 손끝에 찔려
온몸이 아프다
나무에 못 하나 박히면
키 큰 나무가 이리 아플까
햇빛 밝은데 비춰 보지 않으면
보이지도 않는 가시
손톱으로는 뽑아지지 않는다
수술기구 핀셋트로 겨냥해도 어렵다
잊어버릴 만하면 어디서 스쳐 일어나
스물스물 내게 맞서는 너는
보이지 않는 누구의 그림자냐

감

깊 푸른 가을하늘 속에
투명의 홍시로 익은 감

나무에서 익어 떨어진 감은
땅에 터져 흙 반죽되어
먹지 못한다
그 씨가 돋아나도
고욤나무밖에 되지 못한다
감 씨가 감이 되지 못하는 비극
미완의 유전 속에 숨은 비극

까치밥으로 남은 초겨울의 감
아침 나라의 인심 좋은 선물

멋

멋을 아는 사람 누구인가

멋은 꾸밀 수 없고

멋은 만들 수 없다

멋은 발견하는 사람의 눈에 있지만

멋은 보이는 너머에 있다

멋은 알 수 없는 색이며 향기다

멋은 공감의 사다리 위에 있고

향유할 수 없는 높이에 있다

멋의 내면은 보이지 않고

멋의 모양은 가이없다

멋으로 치장할 수 없는

멋은 그대 마음의 향불

기전

바둑판에 전운이 감돈다
워털루 전쟁이 일어날 것인가
남북 전쟁이 일어날 것인가
시작 전엔 아무도 알지 못한다
밀사는 머릿속에 있음으로
어디에 배치할지 손끝이 알지 못한다
큰 거점 위에 구축되는 진지
척후병이 파견된다
이어 낙하산 부대
구출할 수 없는 아군은 희생된다
더 큰 대의를 위해
넓은 광야로 새로운 파병을 위해
대전과 소규모 전투는 치열하다
마지막 죽은 자를 적군의 땅에 묻고
최후의 승자가 차지하는 깃발
마음의 어느 골짜기에 숨어
환호하며 펄럭인다

제4부

길 가는 나그네

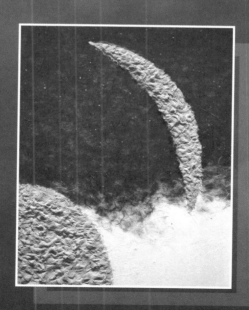

조우

천개(天蓋)도 열리지 않는
깜깜한 방 속에
왠 별들이 이렇게 쏟아지는가

수많은 눈들이
밤하늘에서
나를 지켜보고 있었구나

어두울수록 빛나는 당신의 눈은
내 가슴의 어디를
투시하는가

어둠 속에 사라진 나는
감출 곳 없는 투명의 옷으로
당신을 만난다
환히 보이는 세계

자화상

무엇으로 표현할 수 없는 얼굴

그릴 수 없는 무위에서

각인된 성찰

그곳에는 강조할 선이 없다

닦을 수 없는 얼굴에

포개지는 영상을

떠나야 한다

찾아낼 수 있다는

믿음에서 떠나야 한다

비로소 드러나는 윤곽

일찍이 볼 수 없었던 얼굴

빛의 검무

그 춤은 허공을 자르는 빛의 춤
어둠을 베어 내고 검은 장막을 뚫어
빛의 폭포가 쏟아지게 한다

암흑을 기절시킨 빛의 검무
빛의 창이 어둠의 정수리를 찌르면
어둠은 찰나에 쓰러져
빛의 바다에 잠긴다

빛기둥이 세워진 포구엔
은하의 천정에서
별들이 쏟아진다
헤일 수 없는 수면의 은비늘
찰랑이며 이 바다는
온통 빛의 춤이다

시인 재개발

비 오는 우면산을 걷다
누가 빗속에서 팻말을 읽다
서울시인0 재개발 00
한바탕 터지는 웃음
띄어 읽기가 시인 재개발이 되다
시인의 머리를 재개발하면
무엇이 나올까
있을 법하지 않는
인간의 역사가 재개발될까

광휘의 꽃

한 빛살이 어둠에 꽂혀
눈부신 광휘의 꽃이 된다
아직도 새벽은 멀고
동녘의 새들은 잠자고 있다

홀로 깨어나 앉아
새벽을 기다리는 창은
허공에 핀 광휘의 꽃을
유리에 새긴다
별보다 밝고
지상의 어떤 빛보다 밝은 꽃

그곳에서 울려오는
들리지 않는 소리
심연에서 현을 켜는
또 하나의 나

레이니 설산

명경호수에 비친 레이니 설산
면사포 하얀 눈이 눈부셔
닿을 수 없는 그대의 위엄이
곱게도 찍힌 푸른 거울엔
하늘을 닮은 물과 산의 정령이
내려와 산다
정갈한 영산의 대화
물속의 나무와 구름은 알고 있다
내 동공에 찍힌 또 하나의 거울
시간 속에 지워지지 않을 하얀 영상

정화수의 달

백자의 바다에
달이 뜨다

빛의 다리가 너무 깊어
둥근 절벽에서
건져 올리지 못하고
천리 밖에서 손짓만 하네

조용히 감은 눈에
달이 뜨다
천하가 빛에 잠겨
빛의 몸이 되었네

서기장

천상으로부터 한 사람이 파견되었다
인간의 역사를 간명하게 기록해 남기라고
인간의 역사는 길지 않으니
그가 쓴 기록도 몇 쪽을 넘지 않을까
은하에 남겨질 인간의 기록
간명하게 쓸 수 없는 인간의 기록

한 방울

물 한 방울일세
모든 생명 그 속에 있는
한 방울 속에 비친 세계
비추고 또 비추어 끝이 없네

구름에서 떨어진 빗줄기
파도치며 해안에 닿아
솟구치며 공중에 뛰어오른
수없는 한 방울 물
공중에서 뛰어내린 그대
물 한 방울일세

길을 가며

피톤치드 깊이 쉬고
둘레길 돌아
깊은 잠길 다시 걸어
깬 새벽은
머리 맑고 가벼워
다시 길을 간다

말씀 속 길을 찾아
오르는 새벽은
별빛만 길을 비춰
빛 속을 걷네

새벽

아직도 새벽의 빛은 멀고 이 밤은 길기도 하다

　젊은 날의 고뇌가 찍힌 글 속엔 폭발하는 화산의 힘으로 넘
쳤는데
　그 어둠 속에 섬광처럼 빛이 있어 세상의 먼지를 태울 수 있었
건만
　늙은 소나무는 적정에 들어 이제 열매를 거둘 힘도 없다
　대해를 가로지른 지느러미, 다도해를 건너뛰던 다리는
　벽을 향해 열린 문만 바라본다
　깜박이는 별빛을 받아 마시던 빛나는 유리잔도
　이젠 진열대 위로 올라가고 말았다

　내 동공에 푸른빛이 일어 찍혔던 또 다른 우주의 나는
　무수한 빛살의 나들은 다 어디에 잠들었는가

　다른 방에 또 하나의 내가 깨우기를 기다리고 있다
　새벽이 온다 일어나라 일어나
　세 개의 눈과 다섯 개의 팔이 벽을 넘어 나를 흔든다

지나간 벽이 새벽이 된다

빛이 벽 속의 어둠을 내쫓고 새로운 하루를 불러 온다

깨어나면서 창밖은 살아 있는 소리로 술렁대고

서서히 생명의 심지에 불을 켠다

미망의 꿈이 물러가고 감촉의 물체들이 살아났다

전동차는 보이지 않는 지하에서 시동을 걸었다

또 하루의 광채는 찬란하다

길 가는 나그네

아침에 길을 알면
저녁에 죽어도 좋으리

그 어른 말씀 따라 길을 가는가
사람들은 길을 가면서도 길을 모른다

하늘의 길 땅의 길
생명의 길 나그넷길

사람들은 길을 가면서도 길을 모른다
길이 닿는 모든 곳에 여장을 풀면서도

참빗

새벽마다 내 머리 빗겨 주는 참빗
수많은 모공의 숲 뿌리를 긁어
깨어나라 깨어나
밭갈이를 하누나

반달 모양의 쟁기는
소도 없이 경작을 한다
빠질 것은 빠지고
이 등성이 지킬 역군은 튼튼하고녀

참나무 쟁기 너로 인해
몇 가락 농사를 지탱하노니
그 뿌리에서 깨어나
내일 돋아날 싹을 위해
한 가닥 희망을 심는다

팔랑개비

바람 속에 팔랑개비가 숨어 있다
잎사귀 네 개가 여덟 개가 되고
순간에 열여섯 서른두 개로
늘이는 마법사
드디어 날개는 보이지 않고
바람만 보인다
팔랑개비 속에 바람이 숨었다
네 모양을 투명으로 만드는 마법사

동강

내 한번 겨울 강에
가 보리라 하였네

새벽의 꿈
흐르는 물에 씻어
접어 두려 하였네

얼지 않는
네 속의 깊이를
담아 오려 하였네

삶의 영상

무슨 도상에서
머리에 그려진 한 생
그것은 삶의 영상이 아니다

녹녹지 않는 항해
폭풍을 뚫고 죽음을 넘어
도달한 언덕에서 바라보는 일몰

그대 사라진 시간 속에
비쳐지는 영상
삶의 질곡은
선명한 주름과 음영으로
노을 속에 빛난다

나무들의 행군

길을 가는 나를 따라
행군하는 나무들
내가 나무에게 말을 걸면
나무는 웃으며 저만치 먼저 간다
나는 나무를 따라갈 수 없다
그는 사계를 나보다 먼저 안다
언제 순이 돋았나 하면
연두 잎이 온몸을 덮고
나보다 더 깊은 대화를 바람과 나눈다
내가 계곡에 내려와 등성이를 바라보면
나무는 어느덧 산마루에서
하늘을 배경으로 고개를 넘고 있다
석양에도 쉬지 않고 나무는 행군한다
내일 설 산마루의 장엄한 새벽을 위하여
남은 모습이 사라질 때까지 행군한다

제5부

우이령

하지 1

빛이 가장 오래 머무는 날

초여름 무성한 녹음 속에서
벌레들이 가장 많이 울어 대는 날

이른 새벽부터 늦은 저녁까지
반달과 별이 빛을 뿜다가
주인을 맞으면서 사라지는 날

아직 태양은 뜨지 않고
지지 않았는데
왜 이리 오랫동안
날은 밝은가

하지 2

올챙이는 아직
꼬리를 떼지 못하고
네 다리가 나오기를 기다리는데
하루가 긴 하지가 참 길기도 하다

모양이 다른 어미는
못 밖에서 해를 맞으면서

보아라 둥근 해는
꼬리가 없나니
다리도 날개도 없이
잘만 떠오른다

무영(無影)

그림자는 있고
사람은 없구나

그림자 없는 사람
언덕 너머 오는데
보지 못하는 사람
사람이 없다 하네

있는 것이 곧 없고
없는 것이 곧 있다고
일러 주는 밝은 이

무슨 그림자 있겠느냐

참 벗

진정한 벗은

고난의 길을 걸을 때

비껴가지 않나니

고난의 길 끝에

참다운 얼굴을

만나기 때문이다

지금 즉시

지금 즉시 달라진다
생각하는 대로 펼쳐지는 세계

어느 지갑 속에 넣었던 지도가
지금 여기에 너를 점 찍었다

어디로 갈 것인가
길은 사방으로 뻗어 있는데
지금 즉시 정하는 대로
옮겨지는 발걸음

세계는 복잡하지만
그 길은 단순하다

당신이 그린 그림 속에 어느덧
거닐고 있는 당신은
지금 즉시 자신의 세계가
펼쳐진 것을 모른다

청계—유월의 코스모스

맑은 바람 쉬어 가는 골짜기
돌무더기 붉은 꽃 옆에
철모르는 유월의 코스모스
때 이른 시절 인연으로
따가운 눈빛을 받는다

여름 오기 전
가을을 연습했거니
따가운 햇빛은 다름이 없는데
때 이른 개화가 눈총을 받아
철없는 그들이
나더러 철없다 하네

우이령

말귀 닮아 마이산 되었으니
소귀 닮은 우이산도 있을 법한데
산은 어디 가고 영과 마을만 있네
소귀 닮은 우이동 사는 이는
소귀에 경 읽는 소리 종종 들었겠다
기품 당당 우이령 고개 오봉은
인도의 성우(聖牛)가 사람 내려다보듯
지나는 길손을 내려다보고 있다
콧구멍 없는 소가
우이령 고개에서 눈 뜰만 한데
소귀에 경 읽듯 나그네는 알 수 없네

쉼터

세상의 잡다한 소리
이곳에선 들리지 않는다

소리를 보는 보살도
이곳에선 잠시 쉬신다

바람 소리 물소리도 쉬고 있는 정오
고갯마루 그림자도 쉬고 있다

한 마음이 쉬는 곳에
무슨 소리 있겠느냐

앨범

한 톱니바퀴가 돌 때마다 풍경은 변해

배경은 꽃이 되고 단풍이 되고 설경이 되누나

그 앞에 선 주인공들

시간 속에 한 번씩 정지하였는데

하 많은 사연들 찍힌 얼굴에는

흰 머리가 하나씩 늘어난다

웃으며 즐거운 표정들

톱니바퀴는 돌지만

때마다 보기 좋구나

정지된 순간에

멈춘 그대들

그대로

핥

무명초

풀들 스스로가 작명소를 찾아가
이름을 짓는다면 이렇게는 안 지으리라
여우오줌 도깨비부채 족도리풀 큰까치수염
무슨 풀이 도깨비 부채질할 일 있으며
큰 까치에 수염까지 부쳐 닮을 일 있을까
일월비비추야 좋지만 마지못해
은 꿩의 다리라도 되어야지
그러지 못할 바에야
그냥 무명초로 있지

거울

비춘다
비출 수 없는 하늘
비춘다
보이지 않는 소리
비춘다
그대 속의 생각을
거울은 비추지 못한다
그대 속 투명한 바다
그 속에 일어나는 바람을
거울은 진실로 비추지 못한다
세계의 창 밖에서 벌어지는 풍경들
거울은 항상 비춘다고 착각하고 있다

노을의 강

세미원 맑은 연봉 눈에 심고
빛나는 강 따라 돌아오는 길
장엄한 황금의 노을이 녹아내리며
나는 그 강을 헤엄치고 있었네
하늘 위 빛으로 흐르는 강이
내 속에 녹아 하나가 되었네
말과 마음 다 녹여 내어도
이르지 못할 눈부신 한마디
시작도 끝도 없는 완성의 옴이
찰나 속에 빛나고 있었네
형용할 길 없는 깊이로
몇 겁을 그대 속에 흘러왔던 강
노을 속에 그 강이 녹아 있다니

금광동굴

금광 맥 따라 파내려간 동굴
광장이 생기고 위아래로 아득한 길이 열린다
지금은 조명으로 휘황하지만 어둠 속에
이 굴을 뚫고 내려간 사람을 생각해 보라
한 길 한 길 금맥 따라 바위를 짜개고
길을 내어 누구의 금을 찾아 주었나
제 속의 금을 찾지 못하고
누구의 금을 찾아 주었나

기쁨이와 슬픔이

기쁨이와 슬픔이가
단짝인 줄 몰랐네
잘못되었을 때 고치는 힘은
기쁨이보다 슬픔이가 맡음을
슬픔의 눈물이 정화되고 나서야
기쁨이가 제 몫을 하네
아름다운 얼굴은 숨어 있었네
기쁨이는 슬픔이 속에
슬픔이는 기쁨이 속에
디즈니랜드 안과 밖의 영상이
한 소식을 전하네

모나드(monad)

마음의 단자(單子)

한 웅큼 뭉쳐 던진다

빛으로 흩어져 이르지 못한다

그대에게 이르지 못한 단자가 운다

빨 주 노 초 파 남 보

음보가 되어 바람에 휘날리며

무지개로 다리를 놓았다가 사라진다

물방울 속에 구름 속에

마음의 단자는 떠나간다

시나브로 시나브로

그대 속에 이르지 못하고

허공에 피었다가 사라진다

독도

동해의 끝

외롭게 지키는 네 뼈가 시리다

겹파의 파랑이 시간 위로 튕겨 올라

갈매기 떼 회전하는 세월의 끝에서

야릇한 마파람을 타고 있다

백의의 옷에 얼룩진 생때를 씻어 내느라

검푸른 파도가 바위를 때린다

나는 원래 동해의 끝을 지키는 수문장

언감생심 더는 군말이 없게 하라

면산 개자추

하나로 향한 마음 왕자를 구해
진왕이 되게 한 후 숨어 버린 개자추
18년 노고가 무아의 꿈이었네
노모를 모신 마지막 생까지
할 바만 다하고 돌려받지 않은 공덕
지나(支那)가 되었네 차이나가 되었네
무아의 그 정신이 진정한 힘이네

무이 구곡(九曲)

무이 산 아홉 굽이

굽이마다 빠른 물살

뗏목 위의 나그네는

강 따라 흘러갈 뿐

구곡의 아홉 얼굴

잡아 두지 못하네

굽이마다 다른 얼굴

흘러가는 내 얼굴